D1726622

Allerwall groodaus

Alle Weech,
jedm Schteech
is a Richtung
vorgebm.

Laß nidd aus,
kumm nidd draus,
geh allerwall
groodaus.

© 1989 Fritz Majer & Sohn, Verlag, 8811 Leutershausen
Alle Rechte vorbehalten

Text, Layout: Lore Scherb, 8808 Herrieden
Titel, Illustration: Martin Kiss, 8808 Herrieden
Satz und Herstellung: Druckerei Fritz Majer & Sohn, 8811 Leutershausen
Bindearbeiten: Großbuchbinderei Georg Gebhardt, 8800 Ansbach

Printed in Germany

ISBN 3-922 175-30-9

Allerwall groodaus

Text, Layout: Lore Scherb
Titel, Illustration: Martin Kiss
Verlag: Fritz Majer & Sohn

Aus der Mundartreihe

Fränkisch gredd

Inhalt

Zum Inhalt

Mundartdichtung –
eingewebte „Soocher" –
„Kobber" –
„Schlenggerer" –
„uralda Schbrich"
und vom Grauderer
die „Schlich".

Mundartliches Sprachgut ist mehr –
als Ausdruck und Klangfärbung.
Die Autorin bekennt sich lautecht
zu ihrer engeren Sprachgemeinschaft.

Gottwollkeit

Mir wollns nidd leigna,
mer höerds of der Schtell,
wos uns zammhäld – uns Franggn –
is z gemeinsame „l" – gell!

Zum Nochmachn werd unser
Schproch nidd empfohln.
Unsern Zungaschloch mueß mer
gerbd hobm, nidd gschtohln.

Gehds grood odder grumm,
ka Wördla glingd gschwolln.
Wenn mer „r" soong, hörd mer
an Rollo rorolln.

Dem „st" und „sp" werd
mit Vorsichd beikumma
und Schtachl und Spitz
glei vo vornherei gnumma.

Nidd sou hard drüggmers aus,
schea gschmeidi und waach,
sou wie in Blätzlersdaach –
a Ausnohm mechd die Daubm ofm Tach.

Unser Audo, des schtellmer
schea nei in d Karasch.
Fährd die Dolln dobei a Dälln nei,
griechd der Doldi glei z Gfraasch.

Nix fier ougued, wenn si
manchs Drummlfell schtreibd,
Gottwollkeit – mier wüßtn a nidd
wiemers schreibd.

7

A Laitgrejd

I will fei nix gsochd hobm,
bloeß, wos sou die Lait soong,
wos vo Haus zu Haus droong.

Des Grejd wäechsd und rolld ford,
wie a Schneeaball und a bäeß Word.
A Häend voll werfschd zum Tor naus
und a Berch is scho vorm Nachbershaus.

Überdenkn konnschd alles,
a wos nidd ganz klor is –
obber soong derfschd bloeß,
wos a wergli, gwieß wohr is!

Die gröeschdn Maulaufreißer
san ofd die ärgschdn Houserscheißer.
Glaab joonidd, wenn aaner reechd groß dued,
daß der voller Gwald is.

Der Schpotz bläehd si am maschdn auf
im Winder, wenns reechd kald is.

8

Allerwall

Allerwall derfschd nidd
dahambleibm,
drundernei mueschd
amoel naus.

Und omdrei –

konnschd nidd allerwall
ruhich sei,
wos drinschteggd
mueß hie und doa raus.

An der Fraa ihrm Wuchnbedd
stehd die Wieng
und wenns nidd ball aufschtehd,
is a Beddziehng.

Ja, des Weiberschterbm,
des is ka Verderbm.
Obber z Gaalverreggn,
des bringd Schreggn.

Wos schprichwördlis

Maadla hoggdi nidd ham,
sunschd griegschd kan Mou.

    Kaaf der Schtögglersschühli
    mit am Schnälla drou.

Maadla geh zum Danzn,
sunschd werschd a alda Schranzn.

    Maadla machder Loggn,
    sunschd bleibschd hoggn.

Zu deim Sunndochsglaadla
griechschd vo mir an Bädder (= Perlkette).

    Machmer jo ka Schand,
    sunschd gidds a Dunnerwedder.

Laßdi nidd hamführn
vo so am aldn Geggn,
a nidd, wenn er danzd
wie der Lump am Schteggn.

    Maadla machdi rar
    und heirerd jo kan Fredder,
    wennschd kan Bauern griegschd,
    nemmschd hald an reichn Schtädter.

Machder jo ka Sorgn
und zeich a freindlis Gsichd,
des is dai gröeschter Trumpf,
i mach a Wett, der schtichd.

Die beschd Krankerd dauchd nix

Wer krankis, der derschbord nix
wie sei Schuhasohln
und am Sunndooch die Wix.

       Krank wie a Hoha (= Huhn),
       rechd fressn und nix doa.

Des is bloeß a Nassauer,
a Krankerd wie a Aprilschauer.

       Wenn dir der Kopf wehatut,
       is dir im Bauch a nidd gued.

No bloeß des, wos mer ißd,
werd haamli ghaldn,
wail des neemerz sichd.

Obber Kummer und Sorgn,
dej machn Faldn
und dej trächd mer im Gsichd.

Etzerdla nonni,
obber nachderdla glei,
sou heßds scho meileddi,
drum bleib mer dabei.

A glanns Bißla is fai arch weng
und Bißla is a weng mehr.
Doch a Hierla odder a Fisserla,
des sichschd faschd nidd mehr.

iebererdieber

zvorderschd – zhinderschd –
rummerdrum – ummerdum –
omdrei – nomoelrum –
rauferdnoo – auferdoo –
hindervorn – hinderwidder –
vörschi – vovornrei –
hinderschi – hinderdrei –
ieberschi – underschi –
ieberzwerch – ieberex –
is des nidd a seldns Quäx?

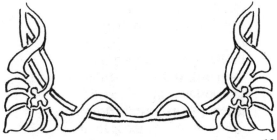

Drunder und drieber

Drundernei –
schteggd wos drunderdin.

Drunderdrin –
kummds drundernunder.

Drunderdund –
mueß drunderdurch.

Drundernoo –
dann drunderhinder.

Drundervorbei –
schlupfds drundervor.

Drunderrauf –
drundernaus – aus.

Drieber – driebernieber –
drimmerdim – drieberdim –
drieberhinder – driebernei –
drieberwech – driebernoo –
drieberdrund – drieberdahind –
drieberher – drieberzamm –
driebernauf – drieberdrom –
driebernaus – drieberdrauß.

Vergeßd des fei nidd ganzergor

Meileddi hat
a glanna Schtadt,
Wertshäuser, Poschd
und Bahnhof ghadd.
A bsondra Vorschtadt-
addraggzion woer
die Mühlbrügger
Haltschtazion.

Der Fohrgaschd hats
in Schaffner gmeldt,
daß z Züchla ganz
beschtimmd ouhäld.
Mitm Boggerla
hat jung und alt,
an Ausfluch gmachd
in Burcherwald.

Of Neischtedd gfohrn
ismer schnell.
Zum Veschpern noo
of Rauerzell.
Die Umweld woer
a weng verschmutzd,
doch d Lait homsi
no nidd derhutzd.

Dej Lok hat pfiffm,
dampfd und buffd.
Der Heizer drin
hat gschwitzd und gschuffd.
Ougschlossn woermer
für weng Geld,
an z Reederwerk
der groeßn Weld.

Sogor a Triebwong
is verkehrd,
wer glabbd des heind
no, wenn ers höerd?
Bechof woer die Endschtazion,
Haubdbahnhof Herrieden Stadt
und Leidershausn–Widderschbach
hat in Umschteichbahnhof ghadd.

A ausrangschierds
Erschdklasscubee
woer polschderd
wie a Kannapee
und grammldvoll,
bis Anschbach ofd,
mußd schteha, wer si
an Platz derhoffd.

Nidd seltn of
der Pladdform drauß,
woern d Fohrgäschd naß
wie a daafda Maus.
Des is scho a boor
Jährli her –
ka Bähnla und
ka Gleis gidds mehr.

17

Feschtgschtelld is worrn,
dej Bahn mueß wech –
etz frongsi d Lait:
„Wer zohld die Zech?"
Des schtelld si mit
der Zeid erschd raus,
amend schtehd dann
a Däffela draus:

Vergeßd des fei
nidd ganzergor,
daß of dem Platz
vor hundert Joohr,
a Bahngleis und
a Haltschtell woer.

Des Bähnla fuhr
der Zeid voraus –
aans wißmer gwieß:
Deer Zuch is naus . . .

Bier vom Faß

Wenn mer vergleicht,
ihr liebm Lait,
lebm mier heind
in der doschtin Zeid.
Die Bräuer bringa
z Bier ins Haus,
zum Wasserholn
braucht mer nidd naus.
Wer doschti is
holts osm Schtänder.
Frühers hätts ghaasn:
„Der Verschwender!"

Wer holt den heint no
z Bier vom Faß,
mit am Moeßkruech
über d Gaß?
Derwail woer doch
des Bier sou guet,
i hobs versuecht,
wos mer als Kind nidd alles duet.

Zur Veschperzeit,
der Vadder secht:
„A Seidla Bier
wär etz groodreecht.
Salzwasserfleisch,
a graachta Worscht
und ofm Senf,
doa griecht mer Dorscht!"

Der Sepp und i,
mier Glaana, solln
bom Torwert schnell
a Seidla holln.

Mitm Krüegla laafmer
um die Wett,
in z Wertshaus nei,
sou schnell wies geht.
Und ziehng die Gloggn
an der Schenk,
allans woer i
zu schwach im Glenk.
Z Derla geht auf,
der Wert schenkt ei,
mir schaun zu zweit
zum Schenkloch nei.

Der Kruech is voll,
i lang danoech,
glei hob i gmaant,
mie trifft der Schlooch.
An Batscher duets,
der Wert hats gsehng,
scho is z guet Bier
am Boudn gleng.
Sei Werti schpringt
glei nochn Duech
und schafft uns ham:
„Holt no an Kruech.
In Vadder bringt
den Hengl zrügg.
Soochd ner: Dej Scherm,
dej bringa Glügg!"

Mir homs brobierd,
der hats nidd glabbd,
hat uns dafüer
ofz Hoor naufdabbd
und allezwaa
a Schelln gebm,
drum denk i drou
mei ganzes Lebm.

Drauf bin i nomoel noo –
allaa – und hob z Bier ghold
im Kruech os Schtaa.
Im Wertshausdenna
hat mers gschmeggd,
wues ausgschüdd woer,
hob i a weng schleggd.

Und osm Kruech
a bißla Faam
hob i versuechd no
hamerd ham.

Z Friejoohr

Lieserweddla, Hansla, Resla,
gehnd ner raus, die Sunna scheind.
Etz is der letschte Schneea wechgleind
und im Gräesla ieber Nachd,
san d Gäenserblemli scho aufgwachd.
Schaud ner her, die Buschwindräesli
wardn of die Oeschterhäesli.
Wiea die glanna, schaia Maadli
zidderns, in die weißn Glaadli.

Under unserer Weißdornheggn
sich scho d Veicheli verschteggn.
Üeberol gschichd etz a Wunder.
Die glanna Vöicheli wern munder,
d Finkn, d Amsln und die Schtäerli,
san ganz jungverliebta Päärli.
Hie zur Däuibi ruggd der Dauber,
z Bemberla, des butzd si sauber,
und der Kooder sinnerd si.

Die Bruedgounz führd ihr Husserli,
dej hat a Zichererd bonander,
aans wachsgelber wiea des ander.
Bschd – horchd ner – wies wischbern,
doa schaud hie –
die Gluggn bringd ihr Zibbeli.
Der Gejger gräehd im Übermued,
drauß bom Schäefer of der Hued
kumma die Bäzzeli, die junga,
im schneeaweißn Fell ougschprunga.

22

Hoech im Neschd drom, überm Tor,
glabberd laut scho z Schtorchnpoor.
Des meld si zrugg vo seiner Reis,
Kinner hupfd vor Freid im Kreis.
Lieserweddla, Hansla, Resla,
machd an Schtozlbaam im Gräesla,
wails ner widder nauswärts gehd.
Drehd euch rum und schaud euch um,
bald is jeds Neschd a Kinnerschtubbm.

Sperrmüll

Zwaamoel im Joohr werd Schperrmüll ghold
und wenn dej Aggzion ourolld,
liechd scho parad am Gehschteich draus,
wos mer wechschmeßd in Houf und Haus.

Vom Schprezzer bis zur Hennaladdern
konn mer schnell no wos dergaddern.
A Dreirädla und a Moped,
korzum, wos ebm draußnschtehd.

Wos nausgschtelld werd, is herrnloes,
scho gehna d Sammler na drauf loes.
Wers brauchn konn, so a alts Drumm,
der schaut si hald beizeidn um.

Mer sollds nidd glaabn, über Nachd,
is scho die halbe Äerwerd gmachd.
Weil in am Schtäedtla dennajohr,
nimmer rechd viel am Gehschteich woer,
hom d Schperrmüllait an Kinnerwogn
korzerhand zum Grempl gschlogn.
Sie homnern paggd und im Aggord,
naufgschmissn, neidriggd – er woer ford.

Wies hald sou zuagehd, in der Sier,
d Arbeider könna nix dafüer.
Denn sie hom ja zu zweit no gsehng,
es is beschtimmd ka Kind dringlegn.

A Kinnerwogn, der no fäehrd,
hat of kan Fall zum Schperrmüll ghöerd.
Der woer a glaans Transbordfohrzeich
und omdrei no recht inhaltsreich.

A junga Fraa hat Penzl glodn,
sie ahnd nidd glei wos vo dem Schodn.
Is bo der Freindin, dera neddn,
no bloeß of a Ziggareddn.

Wies rauskummd is vom Schlooch faschd grüehrd,
wer hat den Kinnerwogn entfüehrd?
D Heimäerwerd vo der ganzn Wuchn,
wua solls etz bloeß des Fohrzeich suechn?

Is wohl a Schabbernagg, a Witz,
an Diebschtahl denkds gor in der Hitz.
Sie greind die Schtroeßn no und rauf,
erschd bo der Bolizei kummds drauf.

Du heilichs Blechla, sabberlodd,
den Wogn homs mitm Schperrmüll ford.
Tatsächli hatsnern dord a gfundn,
zammdrüggd woer er, ganz derschundn.

Die Penzl hats, des is ja gwieß,
no rausglaubd, sougueds ganga is.
Des Weibla könnd si selber watschn,
am Schperrmülldooch gehds niea mehr ratschn.

Mou und Weib

Mei Nachber, der heßd Gerch,
wenn dem wos über d Lebbern leffd,
na is er überzwerch.
Na waß mer nidd,
gehds überschi,
gehds underschi,
gehds hinderschi,
wenns vörschi gehd is gued,
na faßd er widder Mued.

Der Gerch, der is saugrandi,
sei Fraa dagejgn is handi.
Sie schmeßd nern glei die Äerwerd nou,
sechd: „PfüeddiGott, mei lieber Mou!"
Na paggds ihr Grimmerdaddri zamm
und gehd widder zur Mudder ham.

Nach drei Dooch is der Gerch
a widder übern Berch.
Glei hold ers zrugg, sei lieba Fraa,
sei Herzela, sei Waggela,
glejchd hat si die ganz Wued,
all zwaa sans widder gued.

Ja, Mou und Weib san Lumberlait,
des hats scho gebm, des gidds a heid,
daß dej zwaa wos rait.
Mer waß hald nidd,
gehds überschi,
gehds underschi,
gehds hinderschi,
wenns vörschi gehd, is gued,
na faßd mer widder Mued.

A Mann, a Word

Meileddi gidd
seit Joohr und Dooch,
nemerz wos of
a Weibergsooch.
Des is a Gwaaf,
des überschnabbd,
wos d Weiber schmarrn,
werd seltn glabbd.

Ganz anderschd is
die Männerweld,
a Mannsbild sechd
nobloeß wos häld.
Des gilt und wirkd
in Zukunfd ford,
vo jeher heßts:
„A Mann – a Word!"

Kan Zweifl gits
und kan Vertrooch,
des is a Word,
doa brauchts ka Gloch.
Nidd glougn is,
nidd übertriebm,
wos gsochd is gsochd,
doa werd nix gschriebm.

Der Joggl lejchd
ofz Herz sei Hend,
des hob i gsehng,
i hobnern kennd.
Sei Mannesword
des hat Beschtand –
„Verlaßdi drauf,
du griechschd dein Sand!"

Der alte Schäefer

Zwischn Routh und Leiderbuech
woer a Schäefer of der Waad.
A z Noochds hat er sein Pferch draus ghadd.
Er selber mußd im Pferchskarrn schloefm,
es woer ka Liechd drin und ka Oufm.
A Schtrohasagg und a Kopferkiß
des woer sei Underloech
und doavou griechd mer Rheumadiß,
mit am Word – s woer a Ploech.

Sei Hund san draußbliebm über Nachd,
hom umern Pferch ihrn Rundgang gmachd
und zuverlässi d Schoef bewachd.
Der „Brinz", des woer sei beschter Freind,
um den wäer er no froha.
Nobloeß sei Schibbm, wie mir scheind,
brauchd er no hie und doa.
Denn aus seim Gärdla hinderm Haus,
schtaabd er manchsmoel d Katzn naus.

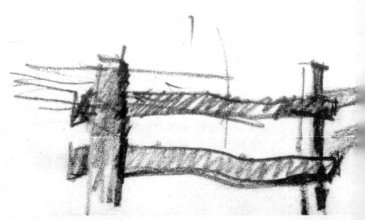

Es schteggt in ihm, in Fleisch und Blued,
heindno die Schäeferei.
Er is, wie er verzähln dued,
a gern in z Werdshaus nei.
Hat a Bier gmeechd und an Moschd,
die Moeß hat bloeß a Fuchzgerla koschd.
Wail a dumms Grejd a Werdshaus zierd,
hats hald in Schäefer öfders dorschd
und z hamgeha maschdns nidd bressierd.

A Seidla gehd no, odder zwaa,
er singd a Schnoderhipferla,
dej konn er heind no ausserwendi
und dirigierd dazua freihändi.
Kan Radio, kan Grammophon,
im Pferchskarrn hats nix gebm.
Vo aaner Menschnseel ka Schpur,
a reechts aaschiftis Lebm,
sou ganz allans mit der Natur.

In dene Windernächd, die langa,
hat er beschdimmd ka Sünd beganga.
Doch für a Mondscheinabmdajer,
doa lejcherd i d Händ nidd in z Feier. –
Drum mecherd i vo ihm gern wissn,
wos kummd am Schäefer wohl in Sinn,
sou ganz allans im Pferchskarrn drin?

I hob noechgforschd, of Ehr und Gwissn.
Goornidd verlegn of mei Frooch,
hat er a bißla gschmunzld
und i hob gmaand – etz denkd er noech –
sou hat er sei Schtiern grunzld.
Drauf hat er glachd und ganz schnell gsocht:
„Worom haschd mi denn nidd doamolz gfroochd?"

Etz sing mer a Liedla

„Geh zua, bleib no hoggn,
i laß di nidd geha,
etz sing mer a Liedla,
nidd laud, obber scheea.

Rugg her, Nachber, traudi,
rugg no näehder her,
na machmer a Gaudi,
sou scheea werds niea mehr.

Du maanschd, wenn mir singa,
doa lachn die Gänz,
die Weiberleid springa
und froogn, wua brennds?

Mir singa z Lied vöerschi,
ball hom miers bom Drumm,
zerschd i und na du,
znächschtmoel dreh mers um. –

Etz laß mers ouglinga,
wenns soong, seid leis,
ihr könnd gornidd singa,
na singmer mit Fleiß.“

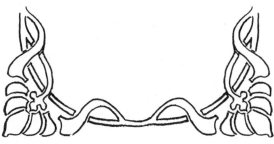

Hell of der Pladdn

Der Grauderer is
hell of der Pladdn,
drum trächd er stets,
wenn d Sunna brennd,
an Hued am Kopf
und suechd in Schaddn.

Wer frochd, derfäehrd gloskloer:
„Wos mir fehld,
des is äusserlich,
i brauch nidd souviel Hoor.
Is a der Gipfl kahl,
Haupdsach, es gründ im Tal.

In Kamm schpor i
und in Frisöer,
wenn z Liechd ausgehd
die Kerzn.
Und kaaner paggd
mi mehr bom Schopf.

I konn dej Hoor verschmerzn
und of a saudumms Gsooch,
lang i mir bloeß an Kopf
und denk mer wos i mooch."

Der Zuabroedlohn

Der Grauderer suechd
an Zuabroedlohn,
der hat a Baurersach.
Und mit der Überbroduggzion
schteigns dem etz gscheid ofz Tach.

Er resonierd:
„Des werd mer z dumm,
desmoel homs uns bom Gnigg.
I mooch nimmer –
i saddl um
und geh in d Bollidigg.

Z gscheid Äerwerdn
werd schlechter zohld
alswiea die gscheidn Räjdn,
dofür brauch i
ka Subwenzion,
mir langa die Diädn."

Z Inderwju *(Interview)*

In Grauderer hat
a Inderwjuer gfrochd:
„Was sagt Ihnen,"
sou hat er gsochd,
„das kleine Wort Kultur?"

Den Ton verdrechd
der Grauderer schlechd,
er gratzd si
hinderm Ohr:
„Wos mir des glanne Wördla sechd?
Des mach i Ihna vor –

Des ganze Joohr,
dochei – dochaus –
dreib i Kultur – duschur.
Wenn i mein Agger kultivier,
geh in d Kerch – les Zeidung.
Dej Neigier, dej verbied i mir,
wer froechd, schtehd of der Leidung."

Der Grauderer in junga Joohr

Der Grauderer in junga Joohr,
sis wohr, i soogs ganz offm,
alz schneidier Borsch,
mit schwarze Hoor –
is jedm Rougg noechgloffm.

Zmoel hat a Maadla ganzergoor
ihr Herz an ihn verlorn.
Dej zwaa hom wie a Heischtogg brennt,
verliebt bis über d Ohrn.

Wies gheirerd hom
is anderscht worrn,
sunschd wärns heind längschd vergeßn,
dej häednsi mit Haud und Hoor
vor lauter Lieb aufgfressn.

Der Rejd kozer Sinn

Liechds an of der Lebbern,
rumoords underm Moogn?
Des läßtsi of hoechdeitsch
nidd sou aggrad soong.

Bo uns daham kennt mer
der Rejd korzn Sinn,
doa schteggt oft in aan Satz
a ganza Gschicht drin.

Der Grauderer froocht z Reddla:
„Worom gnabbschdnern asou?"
„Mei Schuha hat mie gniffld!",
greind nern z Maadla ou.

Und scho waaß mer alles –
des kummt nidd vom Weeder,
dej wetzt an der Ferschdn
des Afderleder. –

Is obber dem Grauderer
sei Zähdn ougschwolln,
wos maandern – wos der sechd? –
„Walls mie gscheechd hat – dej Dolln!"

Ka heirier Hos

Der Grauderer is ka heirier Hos,
der hat des Lebm schtudierd.
Der warnd sein Buem: „I sochder wos,
mer werd oft gscheid ausgschmierd!

Wer heirerdn will, betreibd a Gschpiel,
genau wie in der Lodderie.
Wennschd alles setzschd und gwinnschd nidd viel,
is fei dai Eisatz hie!

Du haschd zwoer reechd, wenns nidd bressierd,
in daim Alter wor i a Schlagg,
drum roed i dir ganz ouschinierd,
kaaf z Kätzla nidd im Sagg!

Wenns schnorrd und allzzua schmeichln mechd
und dued ihr Lieb verschwendn,
Büebla, des is scheea und rechd –
denk drou, des könnd si wendn!

A Maadla mit verwerchte Hoor,
dem sollerschd nidd nochlaafm.
Des is heind sou, wies domolz woer,
die Sell konnschd billich kaafm.

Zum Muschtern fang vo untrauf ou,
z erschd schautmer of die Woedn.
Dej derfm scho bassabl sei,
nidd z digg und nidd z dünn groedn.

Gibd si a Maadla forsch und schtramm,
wos gnaus waaß mer ja niea,
des zeichdsi maschtns erschd daham,
paß auf – wos hats für Kniea!

Dej müeßn sauber sei und rund,
die schpitzin Kniea mueschd scheua,
sunschd blühd am Mou ka gueda Schtund,
des müeßd die schpäder reua.

Wenn z Maadla a schöens Lärvla zeichd,
fall jonidd glei drauf rei!
Schau di zerschd um, wems ghöerd, wems gleichd
und lods zum Veschbern ei.

Froech gornidd lang, wos essn will,
an Baggschtaakäes läschd bringa
und wenn der schtinkd – bleib meislersschtill,
schau – mueß si z Maadla zwinga?

Griechds gor an Eggl, dueds reechd fad –
schneids d Rindn roo – schmeßts wech,
dann is a sunschd reechd obstinad,
mit dera mechschd ka Zech.

Und ißts in Käes mitsamd der Schmier,
duets ihr vo goernix grausn.
Mei lieber Bua – paß auf – folch mir –
laß of der Schtell glei sausn.

A Maadla, des die Schmier wechbutzd
und daald den Käes mit dir,
des werd a Fraa, dej dir wos nutzd,
doa steh i grood dafüer.

A sedda müeßd die Richdi sei,
dej suechschd und dueschts hofiern.
Mit soam Maadla laß di aj –
doa konn mer gradderliern.”

A Saggduech

A Saggduech brauchd mer heindzudoochs,
des is wohl wos kommods – i soochs.
Wenns rengd und wenn die Sunna scheind,
des Saggduech is daj beschter Freind.

Des konn grood geha wies mooch,
a Saggduech brauchschd alldooch.
A groeß, vielleichd a roeds, a greens –
des is ganz worschd – Hautsach – a scheens.

Jo nidd zu glaa – und nidd zu kozz,
du brauchschds ja nidd nobloeß fürn Rotz.
Im Kinnergardn fängds scho ou,
am erschdn Dooch heßts glei:
„Hobder a Saggdüechla dabei?"

A jeds Kind werd bom Noema gnennd –
na nemmds sei Saggdüechla ind Händ
und lernd es Näsla pflegn,
mer derf doadrou ka Glöggla sehng.

Dej Nosn wexd si langsam aus,
und hie und doa schaud no wos raus.
Als Kind hat mer sei lieba Noed,
a neis Saggduech is dofür z schood.
Under der Schuelbenk werd doadraus,
mit Ohrn und Schwanz a Schpielzeichmaus.

Wos glanna Rouzbuem bsonders gfreid,
san d Grundeli im Grobm.
Doazua mueßmer a Saggduech hobm.
A Gröid, a Fröschla odder a Schnegg –
wos mer zammfängd, schmeßd mer nidd wegg.

Mer wiggld ei, wos mer derwischd,
alles – bloeß nidd die Nosn.
Des ghöerdsi sou und wennschd des siggschd,
na derfschdi nidd drou stoeßn.

Des Saggdüechla is bsonders gschlachd,
wenn mer am Kopf an Umschlooch machd.
Haschd Zähiweha odder Ohrnreißn –
grood alles werd eibundn –
sogor die Kniea, wenns rechd derschundn.

Wer d Nosn zwischer d Finger zwiggd,
wail er si freihändi schneizd,
der brauchd a bsonders Gfühl dozua,
des mueß er lerna – scho als Bua,
wiea mer doa sei Finger spreizd.
An Schnupfer, wenn der Dawagg reizd,
hold er a groeß roeds Saggduech vier.
Wennschd kaans haschd, roed i dir,
na nemmschd aans os Papier.

Etz fälld mer no wos ei – pfeilgrood –
für d Wanderschafd is ganz kommod.
Im Saggduech nemmschd daj Veschber mit,
im Werdshaus werds aufdeggd.
Segschd: „Nachber hoggdi her – eß mid!"
Konnschd sehng, wie des dem schmeggd.

Daschd obber z Hamgeha nidd vergischd,
mechschder an Gnopf inz Saggduech nei –
bom Schneizn fälldsder widder ei.
Werd dir daj Herz bom Fortgeha schwer,
nemmschd wiederum daj Saggduech her.

Zum Winkn und zum Greina brauchschds –
mer konn wohl soong – zu allem dauchds.
Und wer heind schwitzd, der schpüerd ganz gwieß,
wos z Saggduech für a Wohldad is.

Meileddi brauchschds – of Schridd und Tridd –
vergeßmer jo daj Saggduech nidd!
Des konn grood geha wies mooch –
daj Saggduech brauchschd alldooch!

Meindwegn

Die Kunni,
a rechdschaffms Weib,
hat z Hausn glernd
und z Schpoorn.
Trotzdem mecherds
in ihrm Lebm
aamoel in Urlaub fohrn.

Inbrünschdi hat
sersi des gwünschd,
drum sechd ihr Mou:
„Meindwegn –
na fliegschd hald noo
in z Heilich Land,
z Geld griechschd
und aa mein Segn."

Wail er gorsou
schpendabl is, woer sie
zum Greina grührd:
„Nidd fliegn,
sou hochnaus will i nidd,
amend werd mer endführd."
A Schiffsreis ieber z Middlmeer,
dej macherd sie scho eher.

Nei eigladd hats
der guede Mou,
sogor vom Kopf bis Fueß.
An ledrin Kuffer
keffd er ei,
doa bringds
ihr ganzes Graffl nei.

Die Kranknkassa
werd no gschröpfd,
wail d Kunni nidd
die jüngschde is,
brauchds of der Schtell –
des ghöerdsi – gell –
a neia Brilln,
a neis Gebiß.

Bis Genua fährds
mitm Bus duschur,
die ganze liebe Noochd.
Konn kaum ihrn
schwern Kuffer hebm,
oukummts scho ganz derblochd.
Of Degg liechds dann im Liecheschtuehl
und traamd scho vo Jerusalem.

Grood gschpannd is
wie a Regnschern,
wos werds wohl dort derlebm?
Aus Gluschd versuechds
noch Herznsluschd
grood alles am Büffee.
Am andern Dooch,
wails Abweign griechd,
duerd ihr der Bauch scho weh.

44

In Haifa leffd
der Dampfer ei,
die Kunni bleibd im Bedd.
Sie will bloeß an Gammillndee
und hat a arches Gfredd.
D Wuchn is um,
des Schiff mueß zrugg,
aus is der schöene Draam.

Die Kunni hat
vo allem gnuech
und sie will nix wie ham.
Doch hamwärds bloechds
a neis Malläa,
sie werd seekrank und schpeibd.
Z armseli Weibla redd ka Word,
wail nixmehr beira bleibd.

Hundsschtaamied is,
schterberdskrank,
ihr Kopf hängd über d
Reeling naus,
zmoel schreits:
„Um z Himmlswilln!"
Etz schwimmd z Gebiß im Middlmeer –
verlorn hats die Brilln.

Ihr Lebdoch mechds
ka Seereis mehr,
hats noch der Rüggkehr gschworn.
Wies aussichd, derfmers glaabm. –
Erschd langsam
hat sersi derhold.
Etz waaß, wie schöa
sie s hat daham –
doaführ hats dajer zohld!

A Gschpenscht

A Gschpenscht geht um,
ploocht manche Lait
of Schritt und Tritt.
Mer sollts nidd glabm,
daß heitzudooch sowos no gitt.

Und wiasi des bemerkboer macht,
des zehrt fei am Verschtand.
Schpuggd nidd bloeß rum um Middernachd
und nidd im weißn Gwand.

Des is ka Drud, ka Feiermou,
kummt nidd mit Rauch und Schall.
Is a ka schwarzer Hund, der bellt,
meldt sich nidd aus der Geischterweld
mit fürchterlichm Knall.

Des Gschpenscht geht durch ka Tür, dej knarrt,
hat ka Vergangenheit.
Des geischtert in der Gegnwart,
mer nennts die Einsamkeid.

Geheimnisvoll und unsichtbor,
sou schtumm als wiea a Fisch,
hockts oft am Mittogstisch.
Als Quälgeischt schlupfts bom helln Dooch,
bo manche Lait durchz Schlüsslloch.

Und dehnt si aus am Kannapee,
hupft einfach ofm Schoeß.
Wenn doa die Lait ka Ouschprooch hom,
na läßt sies nimmer loes.

Dej Einsamkeid in unserer Zeid,
des is a hochmodernes Gschpenscht,
hat scho viel Kummer broocht.
Es könnt ja sei, daß du an Menschn kennscht,
dens gegnwärti bloocht?

Vielleicht gehscht goornidd weit
und dir begengt die Einsamkeid?
Dann laßder soong, mer konns verjoong,
i mach a Wett, sie folcht ofz Word,
probiers amoel – dreibs ford!

Looschnplatz

Etz hommers kommod,
wail mir daham
ougschlossn san
an z Kablprogramm.

Doa bietns uns wos
fier unser Geld.
Zeign faschd alle Dooch
in Nobl der Weld.

Und vor der Glotzn,
im Looschnplatz,
hoggn mir obmds
und schtreichln die Katz.

Bediena a Gnöpfla,
schaldn vo Grimmi zu Grimmi,
griegn a Wued, machn aus
und mögn nimmi.

Am End ieberlaßmer den
Looschnplatz
ganzallans
unserer Katz.

Der Niggolaus

Dezember is und z Joohr klingt aus,
doa draußn schteht der Niggolaus
mit seim groeßn Sagg bereit.
Schwer schleppt er und sei Wech woer weit.

Er kummt aus aaner andern Weld,
laßtn nidd schteha drauß, in der Kält!
Horcht ner, wiea sei Glöggla klingt?
Wos er uns heint wohl alles bringt?

Beschtimmt ka Ruetn und kan Schtogg
verschteggd er unterm roetn Rogg.
Im Sagg hat er bloeß gueta Sach,
wenn i zruggdenk, werd i heint no schwach.

Als Kind woer er mir wohlvertraut,
er hat bis tief inz Herz neigschaut,
wer a Geheimnis drin verschteggd,
Sankt Niggolaus, der hats aufdeggd.

Etz führt er mie no jeds Joohr zrügg,
zum längscht vergeßna Kinderglügg
und stimmt uns heint no – dich und mich –
im Herznsgrund reechd weihnachtlich.

Advent

Advent, des is die schtille Zeid,
und jeder waaß, wos des bedeit.
Es is nidd bloeß, daß mer droudenkt,
wos etz der aa in andern schenkt.
Doch a glaans bißla Haamlichkeit
ghöert scho dazua, zur Weihnachtszeid.

Mer richtsi ei ofz groeße Fescht,
die Hausfraa zählt scho zamm ihr Gäscht
und is vo vornherei scho gschlaucht,
wenns rechnt, wos no alles braucht.
Zum Plätzlersbachn, meinerseel –
des billigschte dozua is z Mehl.

Vom Eikaaf kummt die Bawedd ham,
secht zu ihrm Mou: „Du werschts nidd glaabm,
i hob scho, wos i brauch zammgschtelld,
des lefft fei alles gscheid inz Geld!"
Es isder scho a Prozedur,
vom Eikaaf bis zur Punschglasur.

Wie bom Konditter dufts im Haus,
d Bawedd kummt os der Küch nidd raus.
Is ferti mit der Baggerei,
schperrts glei an Tail dovou guet ei,
daß joo ka Weihnachtsmaus drounoecht,
d Versuecherli, dej san reecht gfroecht.

Es wär ja alles reecht und gued,
nobloeß ihr Mou, der hat a Wued,
hat vorgeschtern scho granti gschend:
„Dej Batzerei nemmt gwieß ka End?"
Heint brotzld er in d Küchn nei:
„Mir schleggschd etz a Boor Gaggeli ei –
bevor i des süeß Gschlampri eß,
glüschterd mie goor a Baggschtaakäes!"

Und um des liebm Friedns Willn,
duednern Bawedd sein Wunsch erfülln.
Sie zeicht a riesicha Geduld
und fühld si obmdrei in der Schuld,
wills jedn reechtdoa, wergld, rennt,
wie jeda Hausfraa im Advent. –
Soulang sie schalt und walt im Haus,
gehn d Weihnachtsengel ei und aus.

Der Weihnachtsgaul

Der Grauderer a Verwandtschaft hat,
dej wohnt in Niernberch, in der Schtadt.
Sei Gschwisterkind is und heßt Franz,
gleicht unserm Grauderer voll und ganz.
Er geht, wies ja scho immer woer,
ofm Chrischtkindlersmarkt, jeeds Joohr.
Zwaa Biebli hat er und dej beidn,
solln si für aan Wunsch entscheidn.

Doa flimmerts, glitzerts und es schtrohlt,
alles wos sehng, hat z Chrischtkind zohlt.
Doch die Entscheidung fällt nidd leicht,
wenn mers gnau schaut und vergleicht.
Zletscht wünscht si der glaa Franzemann,
an Schlieddn und a Eisnbahn.
Er grät ja ganz seim Vadder noch,
der heint no so a Schpielzeich moch.

Und z Zwillingsbrüederla, der Paul,
der wünscht si an lebendin Gaul.
Doa is er nidd im Angebod,
z klaa Paulchen schaut enttäuscht: „S is schood,
i wünscherd mier sunscht goornix mehr,
für an Gaul schenk i des alles her."
Seiner Mudder tuet des leid,
sie kummt recht in Verlegenheid.

Secht: „Sei ner gscheid – gehzua, mei Bua,
mir hom ja gorkan Schtall dazua,
ka Schtroha, ka Hai, ka Futterasch!"
Der Klaa waß: „Mir hom a Garasch.
Doa schtell mern neber z Audo nai,
es derferd ja a Ponni sei."
Etz waß mer, wua der Wind herweht
und wiea der of seim Gaul beschteht.

Die Eltern fanga ou zum Schlichtn,
mer konn si nach dem Wunsch nidd richtn.
Zwoer is er etz erschtrecht aufbauschd,
bloeß a Geblinsl werd austauschd.
Bei aller Liebe für ihrn Sohn,
der Weihnachtswunsch is Illusion.
Es dämmert beidn erscht daham,
der Apfl fällt nidd weit vom Schtamm.

Und sie beschließn, dem Problem
werd vorm Fescht a Wendung gebm.
Am Heilichn Obnd in der Früha,
gebm sie sich no die gröschte Müha.
Sie wünschn sich von ganzem Herzn,
daß ihre Zwilling nix verschmerzn.
Ihr Haus is voll vom Weihnachtsduft
und Schpannung liecht scho in der Luft.

Die Schtimmung is halt wiea souoft,
a jeder wart und glabt und hofft.
Of Schritt und Tritt geht nebmdrei,
a reechta Haamlichtuerei.

Am Chrischtbaam brenna d Kerzn scho,
die Gschenke lejgns drundernoo:
Wies singa: „Leis rieslt der Schnee",
doa kummt dem Vadder a Idee. –

Verschtohln holt er z Audo raus
und fährt pfeilgrood zum Tierpark naus.
Dort kriecht er schnell, of jedn Fall –
a boor Roßäpfel osm Schtall.
Dej lejcht er prompt im Feschteseifer,
vorm Haus drauß, ofm Fueßabschtreifer.
Er holt den glanna Paule raus,
zeicht nern d Bescherung doa vorm Haus.

Des Häufla dampft no in der Kält,
der Bua schaut in a Wunderweld.

„Dej Roßbolln", mant er hoechbeglüggd,
„san vo meim Gaul – i werr verrüggd."
Er hupft und juxt: „I hobs doch gwißd,
daß z Chrischtkind mein Wunsch nidd vergißd. –
Kummt z Gäula widder amoel vorbei,
gell Vadder, nacher fang mers ei."

Der Wunsch woer groeß, des Glügg bescheidn,
waß Gott, mer könnt des Kind beneidn.
Im Schprichword vo dem gschenktn Gaul,
heßts ja, – mer schaut ihm nidd inz Maul.

54

A gueds neis Joohr

Des Joohr is glei um
und die Weihnacht nidd weit,
etz schleicht si in d Schtubbm,
die besinnliche Zeid.

Mer hält a weng Rüggschau,
wies is und wies woer,
wünscht si gegnseiti Glügg
und a gueds neis Joohr.

Es braucht si kaum ändern,
wenns sou bleibt wies ist,
jeder gebert wos drum,
wenn er des scho gwieß wüßt.

Drum wollmer halt hoffm,
daß mer gsund bleibm allzamm,
werd gfohrn – oder gloffm,
sochmer halt: „In s Gotts Nam!"

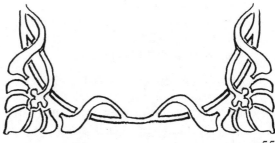

Lieber Freind!

I wünsch Glügg zum Geburtsdooch
und no viel schöena Joohr,
daß du jung bleibschd im Herzn,
wenn a grau werd des Hoor.

Unser Lebm, des gehd hald
nidd schpurloes vorbei –
nachm Summer werds Herbschd,
nidd immer bleibds Mai.

Zu schnell geht a Joohr rum,
wer viel zammbringt hat Glügg.
Der Schouber wenn voll is,
na schaut mer gern zrügg.

Mer schtehd of der Laddern,
jeda Schprossn is aa Joohr.
Und wer reecht hoech dromschteht,
den schwindlds glei goor.

Wer bloeß obberflächli
sei Lebm überdenkt,
der maand manchsmoel wergli,
es häednern nix gschenkt.

Vom Grund auf is anderschd,
kummd a Kindla of d Weld,
schickts der Herrgott splidernaggerd,
ohna Beitl voll Geld.

Die Mudder schenkt ihr Lieb
und der Herrgott die Zeid,
bloeß des brauchdmer zum Lebm,
daß mer wächst und gedeiht.

Sobald der Mensch selber
zum Denkn oufängd,
werd dej Lieb nimmer gschätzt
und die Zeid werd verdrängd.

56

Stehd mer z höchschd of der Laddern,
verdient Geld – Ruhm – und Ehr,
will mer noomehr dergaddern,
die Zeid rennt nebmher.

Bloeß no gschtrebt werd und gäerwerd,
hat mer Glügg und bringts weit,
na maandmer – wos mer gschenkt griechd,
des wär höchschtns der Neid.

Bis mer eines Doochs eisichd,
des hat bloeß sou gschiena –
a weng a Mitleid griechschd gschenkd,
in Neid muescht verdiena.

Werd mer grumm vo der Äerwerd,
odder äercherns an gscheid?
Doagegn hilfd ka Dokder,
des heild bloeß mit der Zeid!

Verlierd mer die Gsundheid,
gfälld am nix of der Weld –
bloeß die Lieb und die Zeid –
bleibm des aanzi wos zäehld.

Alles Schtrebm nach Geld
machd die Menschn zum Sklavm –
obber die Zeid – und die Lieb –
dej konn mer nidd kaafm!

Wers beizeidn scho merkd,
wos nern z Lebm gschenkd hat,
der richtsi danoech
und schätzts ei als a Gnad.

Bloeß die Zeid und die Lieb
trogn bei zu deim Glügg,
wos du dovou ausgibschd,
des griechschd widder zrügg.

Bleib sou wie du bischd
und bhald dein Humor.
A boor haaßa Dooch,
schenkd der Herbschd no jedes Joohr.

Drum wünsch i zur Gsundheid,
rechd viel Lieb und viel Freid,
unserm Herrgott sein Segn
und a glügglicha Zeid.

Z viel Schbrich

Z viel Schbrich werdn gmacht,
oft gedruckt und belacht
und ofz Fohrzeich draufpappt.

Es werd seelich, wers glabbt!

Mitm Audo doa rasns,
grood wiea die Schinder,
of der Heckscheibm klebt ja:

„A Herz für Kinder"

Dummheid und Schtolz
heßds, waxn of am Holz.
Die Dummheid,
dej sichd mer nidd immer
vo vornrei, nidd glei,
die sell läßd si verdränga,
obber in Schtolz
sichd mer vo weidm,
den läßdmer raushänga.

Z Geld

Gscheidheid und
z groeß Geld
regiern die Weld.
Gscheidheid is wos werd,
laß – wues hieghöerd. –
Behalds für die,
schmaaß nidd naus,
gibs nidd ounäedi aus.
Denn of an Dausnder
gibd der neemerz
gern raus.

Renn in Geld nidd
noech mei Kind,
laß der no
wos soong!

Z groeß Papiergeld
fliechd mitm Wind
und des konnschd
nidd derjoong.

Heind fliechds doa
und morgn dord,
a Bleiberds hads
goornercherds.

Wennschd maanschd,
du haschds,
is wieder ford.
Wers bhaldn will,
verärcherds.

Reichsbanknote

Zehn Millionen Mark

PG 20

zahlt die Reichsbankhauptkasse in Berlin gegen diese
Banknote dem Einlieferer. Vom 1. Oktober 1923 ab
kann diese Banknote aufgerufen und unter Umtausch
gegen andere gesetzliche Zahlungsmittel eingezogen werden

Berlin, den 22. August 1923

Reichsbankdirektorium

Zweng Geld
und z viel
werd dir
zur Ploech.

Reechd wäers,
wennschd haschd,
woschd brauchschd.

Wos drüber is,
lejchs nidd
ofd Woech,
wennschd gscheid bischd,
na vertauschds!

Derjochschd an Pagg,
troch nern ofd Bank,
zwaamoel woers fei
scho hie.

Gehd dir der Schnaufer aus,
werschd krank,
vielleichd
erinnerschd di.

Doazua san mir nidd of der Weld,
zletschd Hemmerd hat ka Taschn nidd.
Opfer daj Gsundheid nidd für z Geld,
du griechschd fei goornix mied.

Fazit

Geschtern, heind
und allerwall,
gilt der Schpruch
of jedn Fall:

„Schterbschd arm
odder reich –
nach der Leich
is des gleich.”

Drum –
froech zerschd
nachm Sinn,
anschtadd nachm Gwinn!